Unas gafas para Rafa

Yasmeen Ismail

Corimbo

Rafa tenía gafas nuevas.

Eran unas gafas GRANDES,
REDONDAS y ROJAS.

A Rafa no le gustaban NADA sus gafas.
¡Pero NADA de NADA!

A la hora del desayuno, Rafa intentó esconderlas
en la caja de cereales, pero su papá oyó el ruido.

—Ponte las gafas,
Rafa —dijo.

Su mamá le llevó al colegio.
—Que te diviertas, Rafitas —dijo su mamá—.
Te veo luego.
Y le dio un beso de despedida.

En cuanto su mamá se fue, Rafa se tapó la cara con el pelo.
Ahora nadie vería sus gafas.

¡Pero el que no veía nada era Rafa!
Tropezó al entrar en clase.

—¡Rafa! —gritó la señorita Manchas—. ¡Vaya escándalo! Anda, quítate el pelo de la cara y ven a sentarte con nosotros.

—Portaos bien, niños
—dijo la señorita Manchas—.
¿Dónde habré metido mi silbato?

Mientras los otros niños jugaban, Rafa se escondió.
No quería que nadie viera sus horribles gafas.

A la hora de la merienda, Rafa encontró el lugar perfecto para esconder sus gafas.

Pero tenía tanta hambre que se comió el escondite.

En la clase de arte, la señorita Manchas pidió a los niños que pintaran un cuadro.

Rafa decidió pintarse las gafas.

—¡Ahora son gafas de sol!

—murmuró.

"¡Qué gracioso es Rafa!",
pensó Zoe.

—¡Rafa, Rafa, Rafa! —gruñó la señorita Manchas.

La señorita le dijo a Rafa que fuera al baño y se lavara la cara.

A Rafa se le ocurrió otra idea genial.

Todos salieron al recreo.
¡Afuera hacía bastante viento!

Los niños se divertían mucho
persiguiendo a Rafa.

Después del recreo, todos se pusieron a bailar. Todos menos Rafa.
Estaba muy ocupado buscando otro escondite para sus gafas cuando,
de pronto, ¡encontró algo!

—¡Aquí tiene su silbato,
señorita Manchas! —dijo Rafa.

—¡Ay, Rafa, qué bien! —dijo la señorita Manchas—.
Te has ganado una estrella dorada.
¡Oye, esas gafas nuevas funcionan muy bien!

Cuando llegó la hora de volver a casa, todos cogieron sus abrigos.

—¡Me encantan tus gafas, Rafa! —dijo Zoe—.
Le voy a pedir a mi mamá que me compre unas iguales.
¿Quieres venir mañana a jugar a mi casa?

La mamá de Rafa le estaba esperando.
—¿Cómo te fue con las gafas nuevas?
—le preguntó dándole un abrazo.

—¡Genial! —dijo Rafa muy contento—. Gracias a las gafas encontré el silbato de la señorita Manchas y, de premio, ¡me dio una estrella dorada!

—¡Fantástico! —dijo su mamá—. ¡Te has ganado un abrazo GIGANTE!

A mis tres monitos graciosos, Kai, Ayeishah y Lila.

Un agradecimiento muy grande a Zoe W. y Alison R. por su apoyo inquebrantable, su duro trabajo, sus espléndidas ideas y sus ánimos. Ha sido un verdadero placer trabajar con vosotras en este libro. Felicidades a Emma B. por su nuevo bebé, gracias a Vicki W. L. y a Bloomsbury por su continua confianza, y a Alasdair por cocinar siempre cosas tan ricas y su apoyo tan increíble.

~YI

Av. Pla del Vent 56, 08970 Sant Joan Despí, Barcelona
e-mail: corimbo@corimbo.es
www.corimbo.es

Traducción al español Macarena Salas

1ª edición febrero 2015

Impreso en China
Depósito legal: DL B. 24623-2014
ISBN: 978-84-8470-508-6